AU ROI.

DEUXIÈME SATYRE,

PAR

Louis Bastide

> Au lache l'infamie, au brave de l'encens,
> Au peuple le respect et la haine aux tyrans.
>
> PREMIERE SATYRE AUX MINISTRES page

PRIX . 50 CENT.

Paris.

CHEZ L'AUTEUR, RUE BOURBON-VILLENEUVE, N° 36
PAGNERRE, libraire, rue Neuve-Saint-Augustin, 25
ROUANET, rue du Verdelet, 4
GRIMPRELLE, rue Poissonnière, 21,
Et chez tous les Marchands de Nouveautés

1834.

Au Roi.

C

Imprimerie de PETIT, rue du Carre, 4,

AU ROI.

DEUXIÈME SATYRE,

PAR

Louis Bastide.

Au lache l'infamie au brave de l'encens
Au peuple le respect, et la flame aux tyrans

PREMIERE SATYRE AUX MINISTRES, page —

PRIX . **50** CENT.

Paris.

CHEZ L'AUTEUR, RUE BOURBON VILLENEUVE, N° 36
PAGNERRE, libraire, rue Neuve-Saint-Augustin, 25 ,
ROUANET, rue du Verdelet, 4
GRIMPRELLE, rue Poissonniere, 21,
Et chez tous les Marchands de Nouveautes

1834

AVANT-PROPOS.

L'accueil flatteur que les patriotes ont fait à ma satyre aux Ministres était un encouragement à continuer ma course poétique Je rentre aujourd'hui dans l'arène, j'abandonne dès à présent toutes autres occupations pour me livrer désormais uniquement, et sans relâche, aux combats politiques

Dans un moment où la corruption déborde de toutes parts, où les sicaires du pouvoir exploitent

audacieusement a leur profit notre apparente inertie,
ou ils cherchent par d'ignobles pamphlets à amor-
tir dans l'esprit du peuple, les sentimens de gloire
et de liberté et la connaissance de ses droits et de sa
force, où ils flétrissent ce qui est honorable et élè-
vent ce qui ne mérite que le mépris, dans un tel
moment, dis-je, il est du devoir de tout homme qui
écrit pour le peuple de détruire aussitôt, par la
force du raisonnement et sous l'égide de la vérité,
l'effet que pourrait produire sur des esprits peu
éclairés les audacieux mensonges du pouvoir, c'est
ce qui me détermine, pour ma part, à donner à
l'avenir à mes publications une marche régulière
qui me permettra, dans un cadre plus resserré,
mais plus souvent multiplié, de combattre avec plus
de profit pour la cause du peuple oui, pour le
peuple ! car, en dépit des utopies de quelques esprits orgueilleux, le peuple comprend le langage
poétique, j'en ai acquis l'expérience. Sans doute la
poésie n'a plus cette puissance magique que nous
révèle l'histoire des temps anciens, mais le charme
qu'elle produit n'est pas entièrement perdu, et il
est un avantage qu'elle a toujours conservé, c'est qu'a

l'aide de son mécanisme, les idées s'inculquent plus facilement dans la mémoire.

C'est aussi parce que j'écris pour le peuple, que je me propose de vendre l'ouvrage que je veux publier sous le titre de *Tisiphone*, à un prix peu élevé Chaque livraison se vendra 4 sols, et le volume contenant 13 livraisons qui paraîtront dans l'espace de 3 mois, 2 francs 50 c

Il faut du courage et du travail pour remplir la tâche que je vais m'imposer, elle ne m'épouvante pas Si je n'ai pas le talent de mes devanciers, du moins le patriotisme ne me faillira pas, et si j'acquiers un jour quelque gloire, on ne pourra pas, plus tard, dire de moi

> Son laurier s'est fanné, sa gloire populaire,
> On l'a jetée au vent comme le blé sur l'aire

Ceci m'amène à répondre à cette objection qui est dans la bouche de bien des gens . « après la défection de Barthélemy, on ne peut avoir de confiance
» dans le patriotisme de ceux qui veulent glaner
» dans le champ qu'il a parcouru » Eh quoi! de ce

qu'un homme est un lâche, vous concluez que tous les hommes le sont Il suffit, je pense, d'énoncer une pareille proposition pour en faire sentir le peu de poids. Jugez l'homme d'après ses œuvres, et n'allez pas décourager la pensée et désespérer du cœur humain, parce qu'il existe des Bourmont et des Barthélemy !

 Au Roi.

Philippe ! si tu crois, au titre que j'ai pris,

Voir un servile encens obscurcir mes écrits,

Si tu crois, qu'infidèle à la cause sacrée,

A louanger un roi ma voix est consacrée,

Détrompe-toi, ma muse en ses vastes projets

Ne veut qu'a la vertu devoir quelques succès,

Je l'ai dit maintes fois, sévère accusatrice

Elle ira pour nos droits combattre dans la lice;

Fidèle à mon serment, je reviens aujourd'hui

Traduire les reflets de l'horizon qui luit

La satyre en mes mains, constante à sa maxime,

Veut dénoncer l'erreur et flageller le crime,

Si ton nom aujourd'hui se trouve en mon chemin,

Pour le stygmatiser dois-je attendre à demain?

Non ! je ne connais pas de loi qui me l'impose,

Le poete d'ailleurs ne craint pas , mais il ose !

S'il devait s'assouplir devant l'éclat d'un nom,

Il lui faudrait briser la lyre d'Apollon

Aux chants de liberté s'éveille le génie,

Et l'air de l'esclavage éteint la poésie !

Si donc, de la patrie oubliant les bienfaits,

Au lieu de citoyens tu cherches des sujets,

Si tu braves les lois, les libertes publiques,

Si, rêvant les beaux jours des crimes monarchiques,

Abusant d'un pouvoir par l'astuce acheté,

L'arbitraire est ton Dieu ! fils de la liberté,

Reniant tes sermens tu permets de tout dire,

Et tu dois te courber au joug de la satyre

Le jour où te hissant sur un trône brisé,

Où du titre de roi ton nom fut pavoisé,

Quelques esprits, trompés par ta douce parole,

Crurent voir le bonheur sous ta royale étole,

C'est que prudent alors, docile, astucieux,

Sur l'astre des trois jours tu promenais tes yeux,

Qu'un serment solennel vint ébranler le temple

Où flétrissant toi-même un parricide exemple,

Tu dis, ornant ton front d'un bandeau de fierté

FRANCAIS, LA CHARTE ENFIN EST UNE VERITE !

Avec quel abandon les élus de la gloire

Déposaient à tes pieds les fruits de leur victoire !

Ils te livraient leurs droits, leurs vœux, leur avenir,

La sainte liberté qu'ils surent conquérir,

Au peuple, dirent-ils, il devra sa couronne,

IL NE PEUT L'OUBLIER !!! et tu montas au trône

Ah! si le droit divin abusa tes aïeux,

Si de vieux préjugés fascinerent leurs yeux,

S'ils crurent, les pervers, sous le beau ciel de France

Pouvoir introniser la haine et la vengeance,

Sur un autel sanglant asseoir l'impunite,

Et sous leurs coups d'état broyer la liberte,

Toi! qui vis de Juillet la brillante auréole,

Le géant populaire anéantir l'idole,

Toi! citoyen d'hier, sur le pavois assis

Ii as-tu recueilli leurs informes débris,

Et, parjure comme eux, prouver a ta patrie

Que le sang d'un Bourbon pullule l'infamie?

Prince! le peuple crut en te plaçant si haut

Greffer la royauté sur un arbre nouveau,

Que sous les trois couleurs, à ton sang infidèle,

Roi par la nation tu le serais pour elle,

Et, t'offrant pour exemple une grande leçon,

Du soin de son bonheur il a grandi ton nom

Jamais rois eurent-ils une tâche si belle!

Ah! tu pouvais cueillir une palme immortelle!

Et l'amour des Français sacrant ta royauté,

Porter un nom sans tache à la postérité!,

Mais vaine illusion! l'hydre de la puissance

D'un système bâtard affligera la France,

Et le roi citoyen, de l'enivrant pouvoir

Offre à nos yeux flétris l'impudique abreuvoir

Ecoute! et ne dis pas que ma voix trop amère

S'humecte dans les flots d'une mer mensongère,

A m'entendre un moment abaisse ton orgueil,

Car, crois moi! le triomphe est bien près de l'écueil

Dans le torrent de flamme où s'agite le monde

L'homme puise souvent une lecon profonde,

Interroge le peuple, entends ses vœux plaintifs !

Mesure ta splendeur à ses maux corrosifs ,

Et la main sur ton cœur ose lui dire encore

J'ai rempli mon devoir ! mon système m'honore !

TON SYSTEME! J'ai donc, satyrique égaré,

Suivant le faux rayon qui m'avait éclairé,

D'un mensonge légal copiant la cédule,

En frappant ton conseil mal guidé ma férule ?

Mais non ! vous êtes tous coupables, je le sais.

La honte du bourreau jaillit sur ses valets !

Je ne veux point ici , répetiteur austère,

Calquer complaisamment mon ode au ministere

Aujourd'hui, c'est connu qui gouverne ? le Roi !

Ce que j'ai dit contre eux s'adresse donc a toi

Oui! lorsque j'ai flétri dans mon vers satyrique,

Des Tarquins de nos jours l'atroce politique,

Lorsqu'accordant des pleurs à nos fières du Nord,

J'accusai ton conseil d'avoir trahi leur sort,

Que des crimes d'état j'ai tordu l'infamie,

Montré le vice nu près de la monarchie,

Va, je n'ignorais pas qu'en ton royal parquet,

Tu puisais le premier dans l'ignoble baquet,

Et que, soufflant le mal à ta meute vénale,

Elle était l'instrument de ton œuvre infernale.

A toi donc, homme fort, dont la témérité

Insulte à l'étendard de notre liberté!

A 'toi donc tout le poids des misères publiques !

A toi de recueillir mes chants patriotiques !

Et si la vérité déplaît à ton orgueil,

Libre à toi de frapper!   j'ai mesuré l'écueil

Mais, voyons Tu nous dis, dans ta toute-puissance,

Que tu n'as point brigué de gouverner la France,

Qu'en tes modestes vœux, aux portes du pouvoir,

Jamais de l'obtenir tu ne concus l'espoir,

Et qu'en daignant régner sur ta belle patrie,

Tu voulus la sauver des maux de l'anarchie;

Que l'intérêt public fut la suprême loi

Qui t'a fait revêtir la soutane de Roi !

Je ne veux point aller, d'une main téméraire,

Fouiller la vérité dans la nuit du mystère,

J'admets que dès long-temps tu ne recherchais pas

Ce trône qui, dis-tu, pour toi n'a point d'appas,

Que tu t'es dévoue pour la cause commune !

Mais d'où vient qu'aujourd'hui son soufflet'importune,

Qu'a part quelques élus assis au grand festin,

Le peuple n'a pour lot que la honte et la faim?

A vous, vils apostats de la grande semaine,

A vous de recueillir les épis dans la plaine !

A vous de vous gorger et d'or et de rubans,

Tandis que nos haillons sont vendus aux encans !

Sur vos trônes dorés acquis par la bassesse,

Bravez impunément la hideuse détresse,

Et puis, faites surgir de vos cerveaux étroits,

Sur notre pauvreté quelques fiscales lois !

Nous ne prétendons pas voir, du grand héritage,

Chacun d'un lot égal recueillir le partage,

Laissant cette moisson à la serpe du temps,

Nous voulons seulement ce que volent les grands,

Si de notre sueur nous arrosons la terre

Pour les nourrir, il faut qu'on nous donne un salaire

Qu'ils gardent leurs laquais, leurs palais somptueux,

Et le rouge ruban qui se ternit sur eux,

Mais qu'ils ne viennent pas, au seuil de la misère,

Ravir le dernier sou de l'humble prolétaire,

2

Et joignant le mépris a leurs actes hideux,

Lui dire qu'il n'a pas *un cœur d'homme comme eux!*

Philippe, tu voudrais que l'aigle de la rue

Offrit a ces serpens une poitrine nue!

Nous crois-tu donc déja descendus aussi bas

Que l'air du deshonneur ne nous effleure pas!

Eh quoi! pour nous prouver ton amour pour la France,

A des forbans titrés tu remets ta balance!

Et pour te soulager dans tes royaux soucis,

Tu t'entoures de ceux qu'a flétris le pays!

Il en est dont le nom, épouvantail magique,

Suffit pour allumer la colere publique

Que dire d'un Guizot, cet effronté pédant,

Qui dicta les croquis des bulletins de Gand?

Que dire d'un d'Argout qui, sans doute, s'honore

D'avoir incendié le drapeau tricolore?

Qui, malade aux trois jours, était sûr cependant

De se lever ministre au point du jour suivant?

Et tous ceux que le trône a son sort associe

Ont des titres pareils dans la diplomatie,

Voyez ce petit Thiers , moderne parvenu

Dont le nom jusqu'alors était presque inconnu ,

Des coffres de l'etat toisant le large espace ,

Braver le déshonneur en gorgeant sa besace ,

Offrant a nos regards le spectacle odieux

D'une immorale audace et du larcin heureux

Voyez ce Talleyrand , à la démarche oblique ,

Dont le souffle ternit l'horizon politique .

Ce type du mensonge et de la lâcheté ,

Ce criminel d'état bardé d'impunité ,

Par un brevet royal , aux bords de la Tamise ,

Juge les nations et les protocolise

Ce Judas incarné , ce traître permanent ,

Veut comme il a vécu , mourir en trahissant

Mais quelle est cette masse au regard faux et louche

Qui s'ébat dans l'hôtel que la colonne touche?

C'est Barthe l'apostat qui semblait autrefois

L'appui de la Justice et l'ami de nos droits;

Au char de la doctrine il a cloué son âme,

Et du tissu des lois remaniant la trame,

Carbonaro d'hier, il écrase aujourd'hui

Les frères qui jadis combattirent sous lui ;

Le sceptre de Thémis en ses mains mercenaires,

N'est plus que l'instrument des crimes doctrinaires.

Ce nouveau Peyronnet nous prépare à son tour

Pour enchaîner la presse une autre loi d'amour.

O crime! O trahison ! dans son honteux délire

Au fleuve du pouvoir dès qu'un homme se mire,

Il dépouille aussitôt la peau de citoyen

Et nous montre hideux le cœur du genre humain.

Mais détournons nos yeux des hauts bancs politiques:

Dans ce vieux monument aux tourelles gothiques,

Où la sainte justice enfante ses arrêts,

Ecoutez ! on a dit · les bourreaux sont-ils prêts ?

C'est la voix de Persil, roi du réquisitoire

Il puise des complots dans son large écritoire,

Et puis vient au palais, fougueux accusateur,

Du mensonge en simarre étaler la laideur.

Là sa main, pour presser l'heure des funérailles,

Va du code des lois déchirer les entrailles,

Et montrer à nos yeux l'hydre républicain

Débordant pour sucer le sang du genre humain,

Et pour plaire a son maître accusant l'innocence,

Il s'écrie en fureur· qu'on dresse la potence !

Ou s'il ne peut clouer la presse au pilori,

Il ira sur son banc insulter le Jury ;

Et si Parquin un jour dans sa noble fierté,

Revendique les droits de son ordre insulté,

Vous le verrez encore aux portes du prétoire

D'une page de honte agrandir son histoire,

L'insensé ne voit pas que son zèle emporte,

Loin de la soutenir, mine la royauté,

Qu'à force de fouler le sable d'injustice,

On trace le chemin qui mène au précipice

Ah! Je pourrais encor, politique miroir,

Refléter les hauts faits d'autres fils du pouvoir,

Mais arrêtons ici cette biographie,

Plus tard je reviendrai mettre au grand jour la vie

De tous les proconsuls de notre royauté,

N'importe de quel rang un nom soit abrité,

Je veux le signaler de mon observatoire

Et le clouer vivant au poteau de l'histoire

Philippe! as-tu donc cru par d'aussi dignes choix

Raviver dans le sol la racine des Rois?

Ah ! celui qui construit un ignoble édifice ,

Si le bon sens public le flétrit , c'est justice !

Qu'il soit Pair, Député, Juge, Ministre ou Roi,

Les titres ne sont rien , les actes seuls font foi

Oh non ! on ne peut pas sans bassesse et sans crime

Renier de juillet le solstice sublime !

Et lorsque nous voyons les rênes du pays

Aux mains de rénégats par l'opprobre flétris ,

Quand nos droits sont jetés a l'ignoble cratere

Que la Royauté nomme un sage Ministère ,

Lorsqu'on voit en honneur la bassesse à l'œil faux ,

Et la corruption aux fétides tripots ,

Quand l'homme vertueux qui raisonne et qui pense

Ne peut impunément dire   J'aime la France !

Qu'a l'autel de la loi le pouvoir déhonte

Ose s'inscrire en faux contre la vérité ,

Le géant des trois jours , reniant ses annales ,

Tyrans , ne peut orner vos pompes triomphales ,

Parjure , il n'ira point à l'égoût du pouvoir
Bénir la trahison et pousser l'encensoir.

Philippe ! qu'as-tu fait pour l'honneur de la France?
D'une paix à tout prix dotant ton impuissance ,
Contre l'honneur francais tu troquas le danger ,
Et tu t'es fait petit pour plaire à l'étranger.
La peur, toujours la peur, idole avilissante ,
C'est le cercle honteux où ton système arpente.
C'est elle qui te fait, servile exécuteur ,
D'honorables vaincus ajouter au malheur.
Encombrer les prisons, torturer la pensée,
Céder aux froids calculs d'une secte insensée !
Mais tu ne vois donc pas que tu suis le chemin
Qui mène au déshonneur et hâte ton destin!
Crois-tu que tes cachots , tes actes arbitraires
Seront toujours pour toi de solides barrières !

Que tu peux, soutenu de lâches courtisans,

De notre liberté saper les fondemens ?

Oh non ! Car souviens-toi que le dieu des batailles

Ne nous refuse pas trois jours de représailles.

Si frappé de torpeur, paisible, insoucieux,

Le peuple vous laissa terrifier nos yeux

Du spectacle effrayant de vos sanglantes fêtes,

Amonceler sur lui de tragiques tempêtes,

Fatiguer le pays de vos méfaits sans nom,

Prendre la loi pour cible et la peur pour blason,

L'enclos Jérusalem pour palais de justice, (*)

Et faire de Thémis l'écho de la police.

Ah ! Poursuivez le cours de vos noirs attentats,

Nous pouvons les souffrir et ne les craignons pas.

---

* Tout le monde sait que la Préfecture de police est située dans une es
pèce de cul de sac que l'on nomme la rue de Jérusalem.

Allez, jongleurs ! il est éloquent le silence
Dont le peuple flétrit votre obscène licence ;
Il vous laisse à plaisir, automate apparent,
Dérouler son histoire en langage sanglant
Vous croyez être forts ! aveugles que vous êtes !
Un jour peut vous broyer, car le pic des tempêtes
Suspendu dans les airs peut, abattant son vol,
D'un souffle balayer tous les tyrans du sol

Prince ! tu l'as voulu   la main de la doctrine
T'a fait boire a longs traits a l'impure sentine,
Tu pouvais être grand, heureux et respecté ;
Dans un rayon bourbeux ton astre est arrêté
Non ! il n'aima jamais le ciel de la patrie,
Celui qui sur son front grave l'ignominie !
Ah ! lorsque vient le soir, cette heure du repos
Où des vils courtisans s'éloignent les troupeaux,

Quand le marteau d'airain de tes riches demeures

Vient battre douze fois la mesure des heures,

Seul et veuf de flatteurs, n'oses-tu donc jamais

Songer a ce qu'un jour tu promis aux Français !

Dépouillant ton orgueil apprendre à te connaître?

Dire si je suis roi, le peuple me fit l'être?

Ou jamais en montant sur ton lit somptueux,

De tes riches lambris, de tes sophas moelleux,

De tes parquets dores admirant la structure,

Tu ne t'es jamais dit, pâlissant ta figure

Tandis que je me livre a mes royaux ébats

La moitie des Français couche sur des grabats?

Prince! que je te plains, si ton âme hautaine

Ne donne pas de pleurs a la misere humaine !

Si l'absorbant pouvoir égarant ta raison,

Tu ne vois devant toi qu'un brillant horizon !

Tu crois être assez fort pour ne devoir plus feindre,

Il est un juge aussi qui ne saurait te craindre.

Ces hommes que ta haine a trop long-temps bravés,

Savent comment il faut réveiller des pavés,

Agiter le triangle à la pointe effilée,

Et de quelles couleurs la victoire est voilée

Quand les tubes de bronze écharperont les airs,

Réveilleront les morts dans leurs gîtes couverts;

Que la faim, anévrisme à la douleur mordante,

Poussera la révolte aux gradins de ta tente,

Ah ! ne viens pas nous dire, en ton royal effroi.

La vérité jamais ne parvint jusqu'à moi !

La vérité, Philippe ! as-tu voulu l'entendre?

Elle parle assez haut pour se faire comprendre.

Quoi ! si parfois un homme, au langage soumis,

Veut te donner pourtant un salutaire avis,

D'un regard dédaigneux arrêtant sa sentence,

Tu dis . le peuple a tort! seul, j'ai raison, silence !

Parjure ! audacieux ! où sont ces temps voisins

Où tu semblais pour nous posséder mille mains,

Où, modeste piéton, infidèle à ta race,

Entre le peuple et toi tu franchissais l'espace !

Ah ! tu n'as rien appris, mais bien tout oublié,

Dès qu'au royal festin ton nom fut convié

Ecoute : ils sont transcrits tes rêves monarchiques

Au grand livre du peuple en lettres authentiques,

Si tu veux prévenir de funestes hasards,

Laisse le Coq gaulois aux mains d'autres Césars,

Ah ! crois-moi, c'en est fait ! ta royale puissance

Va crouler sous le poids du mépris de la France!

N'attends pas les effets de l'arrêt solennel

Que le peuple réserve au pouvoir criminel,

Interroge ton cœur, et que sa voix te dise

Que l'âme d'un Bourbon n'est plus une devise

La gloire, tes sermens, les lois, la liberté.

L'honneur, notre pouvoir, tu n'as rien respecté !

Et tu voudrais recoudre un autre acte à ton drame!

Nous enlacer encore aux réseaux de ta trame !! .

Entre le peuple et toi s'élève un mur d'airain[1] .

Tu règnes aujourd'hui[1] . tu tomberas demain[!!!]

Ouvrages du même Auteur.

SEPT CENTS VERS,

ou

Réponse à Barthélemy.

AUX MINISTRES,

Première Satyre.

POUR PARAITRE FIN JANVIER

Tisiphone,

Satyre Populaire,

PAR

Louis Bastide

Cet ouvrage paraîtra par livraisons d'une feuille in-4°(huit pages) Treize livraisons publiées dans l'espace de trois mois, formeront un volume

Prix du volume, pour recevoir chaque livraison à domicile   2 fr 50 c

Prix de deux volumes, ou 26 livraisons, publiées en six mois.   5 fr

Prix de quatre volumes ou 52 livraisons, publiées dans un an   10 f

On souscrit chez l'auteur, rue Bourbon-Villeneuve, n 36, et chez Pagnerre, Rouannet et Grimprelle, libraires

La première livraison paraîtra vers la fin de janvier, et sera préalablement annoncée

Imprimerie de PETIT rue du Caire, n 4

www.ingramcontent.com/pod-product-compliance
Lightning Source LLC
Chambersburg PA
CBHW060901180626
46818CB00004B/1811